BᴏD

Lothar Schenk wurde im Münsterland geboren und lebt heute in Südthüringen.

Lothar Schenk

Das Wunder von Belcane
oder
Die Rückkehr der
nanokleinen Veganossi

Satirische Erzählung

Books on Demand

Weitere Informationen über den Autor und
seine Bücher finden Sie auf seiner Website
<u>www.lotharschenk.jimdo.com</u>

Ähnlichkeiten mit noch lebenden oder
bereits verstorbenen Personen sind nicht
beabsichtigt und rein zufälliger Natur.
Alle Personen und Handlungen in diesem
Buch hat der Autor frei erfunden.

Prolog

Es ist schon merkwürdig welchen anfänglich ganz normal geglaubten Verlauf manche Geschichte nehmen kann. Alles scheint schön und klar, ein gemeinsamer Bergwanderurlaub im italienischen Süden in Begleitung von Freunden und deren interessanten liebenswerten Hunden. Und dann entsteht aus scheinbarem Wohlfühlen und klaren Wiesen- Wald- und Bergbildern eine äußerst merkwürdige und unheimliche Geschichte. Und dann die Frage wer hat diesen Verlauf geahnt, und wer hat diese unheimliche Geschichte und ihren Verlauf so komponiert. Höhere Mächte? Das Leben selbst? Oder ist es einfach so dass der Mensch nur ein sinnstiftender Geschichtenerzähler ist wie es ein Soziologieprofessor(H. Strasser) von der Uni Duisburg einmal behauptet hat und das der Mensch seine Welt selbst errichten muss und das er diese Welt dann fortwährend durch Sprache entbergt. Aber manchem Ereignis lässt sich nur schwer...oder garnicht...ein Sinn zuordnen, und da denke ich gleich an Belcane, den Emil, die Wanderreise, die Hunde und und und, und was da dann alles passiert ist. Also ich. Und da fällt mir gleich noch was ein. Also der Mensch. Wie der so werden kann. Also wie er halt so ist, wenn er ganz wenig nachdenkt. Oder ganz viel. Manche behaupten dann: schon zu viel. Klar, oder? Also der Mensch, wenn er mal wieder nach dem Sinn oder nach dem Unsinn sucht. Also das Leben. Und die Geschichten. Oder garnichts. Oder keine Geschichte. Oder gar kein Sinn. Oder einfach nur sinnlos. Oder so. Und da ist mir nämlich plötzlich der Christian Morgenstern eingefallen, und der meint – sinngemäß – dass der Mensch, wenn er aus seinem Kopf Gott rausschmeißt, quasi auslöscht die Gedanken an ihn, dass der quasi so handelt, dieser Mensch, als würde er die Sonne auslöschen und würde dann mit der Laterne weiterwandern, also durchs Leben, mit der kleinen flackernden Funzel und kein Licht von der Sonne mehr für ihn. Und so verhält es sich auch mit dem Sherlock, zum Beispiel mit dem Emil und und und, und die haben nämlich immer ein Licht im Kopf, vielleicht hilft bei der Lösung mancher unheimlichen Fälle dann Gott oder ähnliche höhere Mächte. Das ist doch toll, oder? Die Idee. Also ich.

Und jetzt pass auf, was fast noch besser ist. Also die Idee. Klar, oder? Du wachst eines Morgens auf, nachts hast du noch von der einen Palme und von Sex am Strand und den vielen Cocktails geträumt, und dann stehst du auf, schaust wie immer erst einmal in den großen Schlafzimmerspiegel..., und dann denkst du „Wer is dat denn?", den Mensch hab ich vorher ja noch nie gesehen...und dann geht das Geschrei los: „Hilfe!!!" „Hilfe!!!" „Einbrecher!!!" „Mörder!!!" „Verbrecher!!!" „Sittenstrolch!!!" „Vergewaltiger!!!"...also das ganze Programm, bis die Leute mit dem großen und den kleinen Blaulichtautos da sind, also Rettung Notarzt Polizei, also das ganze Programm, und die Nachbarn gaffen und grinsen, und dann geht es mit Tatütata, ab in die Klinik, und da dann auch das ganze Programm, quasi alles, und dann steht ziemlich sicher fest: Du hast nicht, wie beim Christian Morgenstern, Gott aus deinem Kopf rausgeschmissen...sondern gleich das ganze Gehirn. Alter Schwede. Also ich. „Ünd nuu", würde da der Sachse sagen.

Und wie verhält es sich jetzt mit den Wundern?

Die sinnstiftenden Geschichten und die Erscheinungen und die unerklärlichen Ereignisse und was steckt wohl tatsächlich noch alles dahinter oder Tatsachen gibt es doch garnicht, das beweisen doch die Wunder, und und und...

Manchmal ist es verdammt schwierig den Unterschied zwischen einer vom Menschen verursachten wunderlichen Geschichte und einem echten Wunder zu unterscheiden... Und dann bleibt wieder alles am armen Emil hängen...und an den schlauen Hunden...die Wunder in den kleinen süditalienischen Bergdörfern, quasi einmal Sherlock immer Sherlock und dann und dann und dann... Und jetzt kann´s losgehen...

1

Wer von der Hohlbirne zum Einstein werden will muss hart daran arbeiten, manchen ist es nie vergönnt, der umgekehrte Weg, quasi vom Einstein zur Hohlbirne, ist da wesentlich einfacher, und so verhält es sich auch mit der Ergründung von unerklärlichen Phänomenen, von Erscheinungen, von Wundern und und und, quasi Sherlock oder Hohlbirne das ist hier die Frage, wer findet des Rätsels Lösung...

Der Emil ist ja immer noch bei der Zeitung, und als Reporter ist er natürlich auf der Suche. Doch die Stories sind meist langweilig. Alltag. Aber der Emil ist stets bemüht den Sherlock zu spielen, und der Sherlock steht ja bekanntlich dem Einstein deutlich näher als der Hohlbirne, und der Emil hat seit kurzem kräftige Unterstützung beim Recherchieren und beim Lösen der kniffligsten Fälle: Henry.

Henry ist eine männliche englische Dogge, dieser Hund mit dem riesigen Kopf und den gebogenen O-Beinchen, quasi superschlauer Riesen-schlabbermeister, Bettelmeister und Riesenfressnapfteufel, kurzum: die Einsteinunterstützung in Hundeform, quasi jetzt Doppeleinstein und Supersherlock, der Emil mit dem Henry, und das sind natürlich sehr gute Voraussetzungen um den verworrensten Fällen bis hin zu den Ursachen von Spukfällen und von echten Wundern auf die Schliche zu kommen.

Und jetzt pass auf. Emils alter Freund, der Hubert, genannt Hertenhubert weil er in Herten wohnt, war im Herbst mit einer Wandergruppe zum Bergwandern in den süditalienischen Bergen. Ausgangs-punkt der Wandertouren war ein kleines familiengeführtes Hotel im Bergdorf Belcane. Jeden Abend nach den teils recht anspruchsvollen Wandertouren lief die Hotelfamilie in der Küche zur Höchstform auf. Mit Vor- und Nachspeise waren das meist nie weniger als 10 Gänge, wobei bei den meisten Reise-teilnehmern schon ab dem 4. Gang ein spürbares Sättigungsgefühl einsetzte, meist war man dann aber immer noch bei den Vorspeisen. Also. Hervorragende italienische Küche, ausgezeichneter Wein, und nach dem Essen dieser vorzügliche Espresso, und dazu gab es gratis sowohl im Hotel als auch im Ort das Ambiente der süditalienischen Berge.

Doch auch dieses Idyll barg ein Geheimnis, dem bei den Einheimischen nur schwer auf die Spur zu kommen war. Sie schwiegen darüber. Doch auch das verschwiegen gehütetste Geheimnis wird meist irgendwann verraten, und so war es dann auch: Ein neugieriger alter Mann im Dorfkaffee verriet es einigen Reisenden, wahrscheinlich um etwas mehr Aufmerksamkeit zu erregen: Es gab in einem Winkel der Dorfkirche angeblich eine sprechende Madonna. Alles nur Gerüchte sagte Anna, die Frau des Hoteljuniorchefs, als sie hörte dass die Reisenden sich darüber unterhielten. Die Wanderreisegruppe setzte sich überwiegend aus bayerischen Lehrerinnen und Lehrern zusammen die die Herbstferien für diesen Wanderurlaub nutzten. Und da die meisten LehrerInnen ja eher sehr neugierig sind, von einigen Berufstoten mal abgesehen, schlichen sie fast alle in die Kirche zur Madonna, aber außer bei der Carola, der bereits am

Eingang der Kirche die Tauben auf den Kopf geschissen haben, ereignete sich bei niemandem etwas Aufregendes, die Madonna sagte keinen Ton. Stumm wie ein Grab. Damit hatten die meisten ja wohl auch gerechnet, wobei der ein oder andere Esotheriker unter den Reiseteilnehmern, Wünschelrutengänger Glückssteinsammler Traumfängerbastler Hobbyschamane und und und, sicherlich mehr erhofft hatte, quasi: noch nicht einmal geblutet hat sie... Kurzum, die allgemeine Wahrnehmung lag danach schnell wieder bei den Wandererlebnissen.

2

Und jetzt pass auf was passiert ist. Der Hertenhubert erzählt dem Emil vom Wanderurlaub und von der Spukmadonna, und da solltest Du mal den Emil sehen wie der hellhörig wird, und der Henry spitzt total elektrisiert die Ohren.
Ergebnis: Der Emil bucht beim Reiseveranstalter der Wandertouren für sich und den Henry die Tour im Juni, und der Hertenhubert fährt auch noch mal mit, und die ganzen Freundinnen und Freunde aus dem Ruhrpott und und und buchen auch.
Und jetzt kann´s losgehen...
Wie heißt es so schön in der Kneipe: Neue Kunden neue Runden, und das kann man bestimmt von der Juni-Reisegruppe sagen.
Jetzt wer fährt alles mit: Die dicke Jenny ist immer noch arbeitslos, also die mit dem schwulen Pikinesen, Joschi heißt der, und die Jane, also die Schwester von der Jenny, die ist auch arbeitslos, beide Hartz 4, was reicht weil sie zusammenwohnen, Problem: Das Auto

könnte vielleicht noch Schwierig-
keiten machen, aber da können sie
ja mit dem Zug fahren.
Und der Hubert? Also nicht der
Hertenhubert! Der Hubert ist der
Lehrer. Na ja, in diesem Jahr
liegen die Pfingstferien günstig,
und die Daisy ist ja die Frau vom
Hubert, und die war früher
Biologielehrerin, und die Daisy ist
Frührentnerin weil der Schulbus die
Daisy mit voller Wucht erwischt
hat, also von vorne, und das hat
lange gedauert, aber jetzt geht´s
wieder, na ja, das Gesicht. Heute
hat die Daisy den Jacko aus der
Klinik geholt, Englische Dogge,
unkastriert, weil die Daisy und der
Hubert sind totale Pazifisten, also
kastrieren ist Gewalt, und das hat
viel gekostet, aber jetzt geht´s
wieder, ach so: und dass der Jacko
immer so viel kotzen musste ist
noch wichtig, dass sie in der
Klinik schon meinten Gift, aber war
nicht, die haben dem Jacko da schon
oft geholfen. Aber jetzt zum
Urlaub.
Die Heike, also ich glaube die
stellt sich die ganze Sache viel zu
einfach vor, ist doch klar: zum
aller ersten Mal in Belcane und
dann mit dem Twingo, gut, der hat

das Schiebedach, aber sonst. Früher war sie ja mit dem Rudi zusammen, aber der Rudi ist ja sowieso immer alleine in Urlaub gefahren.
Und jetzt wird´ s spannend! Die Zwillinge aus Essen haben schon gebucht, hat der Hertenhubert am Telefon gesagt, also die blonde Ellen und die blonde Marianne, also der Willi und der Hubert sind die Zwillinge aus Herten, und der Hertenhubert ist nicht der Lehrer. Der Emil ist ja bei der Zeitung, und der soll jetzt plötzlich diese Reportage schreiben, Wanderurlaub in Belcane, aber irgendetwas wissen die bei der Zeitung doch mehr, denkt der Emil, und der ahnt schon, das könnte wieder wie in dem italienischen Bergdorf werden, ich sag nur: die rechten Hände, aber der Emil hat sie ja nicht gesehen, also dass die denen fehlen, das weiß er alles nur von der Judy, aber die ist ja seit Jahren verschwunden, aber der Emil hat ja damals kräftig mitrecherchiert, nicht nur die Judy, bloß gesehen hat er sie nicht, und natürlich die Hunde.
Die Daisy und der Hubert, eigentlich ja zuerst der Vater von

der Daisy, und dann der Emil, der glaubt das auch: Die Hunde können sprechen! Na ja nicht so richtig, also so wie die Menschen, nein, verstehen. Die verstehen verschiedene Sprachen und reagieren gezielt, glauben die Daisy und der Hubert. Und jetzt kommt´s: Der Jacko: Englisch, Deutsch und Italienisch. Der Marc-Aurel: sieben Sprachen, italienischer Bergdorfhund, Mastino, also der Freund vom Jacko und vom Joschi. Wie war das denn beim letzten Mal, genau: Nordamerika und der Gemüsebomber, und der alte Schotte, also der Trapperspieler, und zurück ging´ s mit dem Fischbomber, und der Joschi war bei den beiden schwulen Indianern, und die haben ihn Daisy genannt, aber nicht lange: Flucht im Flugzeug, und jetzt heißt der Joschi wieder Joschi und ist wieder bei der Jenny.

„Also noch mal Emil. Du glaubst wirklich dass der schwule Miniflokati von der Jenny und der sabbernde. Na wie heißt der? Genau! Der Jacko! Der von der Daisy und dem Hubert. Also die waren ja immer schon. Aber du? Du glaubst im Ernst. Also die Hunde. Dass die sprechen können. Übrigens. Noch was. War eigentlich die Daisy schon wieder beim Gesichtschirurgen? Ich meine der Schulbus und dann Frührente. Die sieht doch verboten aus. Also lachen. Das geht doch gar nicht. Wie der *Joker*. Also der *Jack Nicholson* im *Batman*", meint der Ingo 1 am Telefon. Und jetzt kann´s losgehen!

Der Henry und der Jacko sind beste Freunde. Gleiches Naturell, Neugierde Intelligenz Fresslust Schlabbermeister und und und.

Und der Reisetermin rückt immer näher.

Der Kaftanfreddy ist mit dem Wohnmobil schon unten, aber vorher fährt er immer nach Marokko, daher der Spitzname Kaftanfreddy, und der Ingo 1, also nicht der mit dem Zementwerk, der mit dem Lastwagen, ist auch schon unten, private Buchung und nicht pauschal mit der Reisegruppe, und der Ingo 2, also der mit dem Zementwerk, hat ebenfalls in Belcane privat gebucht. An den Wanderungen und den Abendessen im Hotel nehmen sie aber teil.

Jetzt was noch? Bibione! Der Emil und seine gesamten Freundinen und Freunde aus dem Ruhrpott sind

leidenschaftliche Bibione-Fans.
Jedes Jahr mindestens ein
Badeurlaub in Bibione muss einfach
sein, und was sie dort und im
Zusammenhang mit Bibione die vielen
Jahre alles erlebt haben, ich sag
nur die Abenteuer mit den
nanokleinen Veganossi und plötzlich
konnten die Hunde wirklich
sprechen, also wie Menschen, und
die Glashandschachspieler und die
weltweiten Verwicklungen und das
spukhafte süditalienische Bergdorf
und und und...also da freuen sich
jetzt doch wirklich alle auf einen
entspannten professionell geführten
Gruppenreisewanderurlaub in der
Region um Belcane, und das wird
garantiert genau so schön, nein,
bestimmt noch viel schöner als der
Hertenhubert allen seinen letzten
Wanderurlaub dort beschrieben
hat...Mal sehen! Also ich...

3

Und jetzt kommt´s. Hunde willkommen, schreiben der Wanderreiseanbieter und das Hotel in Belcane. Auch der Ortsname ist da natürlich Programm. Aber dass gefühlte 50 Hunde mit anreisen würden, na ja leicht übertrieben, in Wirklichkeit waren es eher nur 5, brachte selbst den tolerantesten Reiseveranstalter und den hundefreundlichsten Hotelier schon bald an seine Grenzen, kurzum, jetzt war es eben einmal so, versprochen ist versprochen, alle Hunde können mitkommen und sind willkommen, die Pelzbubenhatz rund um die Uhr, schlaue Fress- Quietsch- Neugier- und Wuschelmeisterhatz... Klar, oder? Die Anreise für die Ruhrpottlergruppe nach München zum Hauptbahnhof verlief trotz der Hunde relativ stressfrei. In München wartete in einer Seitenstraße beim Hauptbahnhof der Reisebus mit den anderen ReiseteilnehmerInnen, die überwiegende Mehrheit bayerische

LehrerInnen die die bayerischen Pfingstferien für die Wanderreise nutzten. So. Und über die wilde Hundehatz im Bus kam man dann auch schnell ins Gepräch. Abreise vom Münchener Hauptbahnhof Richtung Brenner und auf der Autobahn weiter Richtung Süden gegen 22.30 Uhr und die geschätzte Ankunft in Belcane war am nächsten Tag spätnachmittags.

Schlafen im Sitzen ist immer ein Problem und im Bus war ja der meiste Teil im Gang von den Hunden belegt. Somit mit Schlafsack oder Isomatte zum Schlafen in den Busgang legen ging kaum. Als entsprechend angenehm wurden die wenigen Pausen an den italienischen Raststätten empfunden, die der Busfahrer einlegte. Füße vertreten. Das südliche Klima. Schinkentoast. Und und und.

Erstes Reiseziel vor der Ankunft in Belcane war eine süditalienische Kleinstadt mit einem Bauernmarkt, und nach einem Bummel über den Markt und durch die umliegende Altstadt stand der Besuch einer mittelalterlichen Kirche auf dem Programm. Das Besondere: Die Kirche war fast vollständig mit relativ gut erhaltenen mittelalterlichen

Fresken geschmückt. Nun konnte nicht jeder/e ReiseteilnehmerIn den verschiedenen Bilderzyklen die gleiche Begeisterung eines kunstbeflissenen Gymnasiallehrer-ehepaares und auch einiger weiterer LehrerInnen abgewinnen, die Hunde warteten vor der Kirche und spielten Schlabbermeister und Hundehatz, und der Ingo 1 reimte beim Anblick der Fresken spontan:

„Hat die Kirche
Freskenschmuck
braucht sie keinen
Kirchenstuck"

Die Ankunft in Belcane war dann wie geplant gegen 18.00 Uhr, und nach dem Bezug der Zimmer gab es im Foyer von der Hoteliersfamilie einen kleinen Willkommensdrink und für die Hunde Näpfe mit Wasser.
Unser Reisecoach und der Busfahrer waren ebenfalls im Hotel einquartiert. Der Bus war am Ortsrand abgestellt und stand während der gesamten Reise für die Anreise zu den unterschiedlichen Bergtouren zur Verfügung.
Während des opulenten mehrgängigen Abendessens, der Hertenhubert hatte das ja im Vorfeld der Reise schon

angekündigt, zeigten die Hunde zur Unterhaltung kleine Kunststücke. Zum Beispiel der Henry: Rolle vorwärts und rückwärts. Oder der Jacko: Stehen auf einem Hinterbein. Oder der Pikinese von der Jenny, der Joschi: Fressnapf leerfressen fast in einem Zug. Nun sollten auch die anderen beiden Hunde vorgestellt werden. Der Alfred, dicker überfütterter Mops, der Hund von der Cristiane, Grundschullehrerin, und ihrem Mann Paul, Biologielehrer am Gymnasium und absoluter Froschexperte, das wird sich während der Wandertouren und auch im Ort noch mehrfach zeigen. Der Alfred kann keine Kunststückchen vorführen. Er bevorzugt ein gemütliches Eckchen zum Relaxen. Und dann wäre da noch eine französische Bulldogge namens Jacky, von ihrem Frauchen, der Henryette, Englischlehrerin und alleinreisend, oft auch Jacquelinchen gerufen. Auch das Jacquelinchen kann keine Kunststücke vorführen, wirkt aber sonst normal, nicht so träge und überfüttert wie der Mops.

Nach dem Abendessen wird noch viel geplaudert, sich kennengelernt und viel Wein getrunken, und kurz vor

Mitternacht stellt der Hausherr den wenigen verbliebenen Gästen noch eine große Flasche Grappa und Gläser auf den Tisch. Am nächsten Tag ist auch die Grappaflasche leer und keiner will es gewesen sein.

4

Die erste Wandertour nach einer etwa einstündigen Anfahrt mit dem Reisebus führt über Bergwiesen mit Orchideen Enzian und und und und durch Buchenwälder in eine zerklüfteten Gipfelregion. Dort ist Mittagspause. Der Froschpaul, so nennen ihn inzwischen fast alle, hat unterwegs schon eine Vielzahl von unterschiedlichsten Fröschen entdeckt, gleich ob Wiesen- oder Waldfrösche, er findet sie alle in ihren Verstecken und zeigt sie dann freudestrahlend den um ihn versammelten ReiseteilnehmerInnen.

Auch die Hunde finden immer wieder Interessantes. So hat der Jacko im Unterholz einen riesigen Knochen gefunden. Einige meinten schon vom verblichenen Braunbär. Und der Ingo 2 dazu: „Der Knochen ist schon da. Jetzt fehlt bloß noch der lebendige Braunbär, wie er knurrend aus dem Unterholz herausspringt." Einigen wurde bei dem Gedanken ganz schön mulmig.

Das Abendessen ist auch nach der dritten Wandertour, und die Touren werden täglich anspruchsvoller, opulent, spätestens nach dem vierten Gang setzt bei den meisten Reiseteilnehmerinnen bereits ein spürbares Sättigungsgefühl ein, und auch die Hunde werden täglich aus der Küche mit Riesenfressnäpfen versorgt, Belcane eben, Nomen est Omen. Und im Umfeld dieser erbaulichen Wandertouren und dem allgemeinen Wellnessgefühl im Hotel schleichen sich, nahezu von allen unbemerkt, die ersten Ungereimtheiten ein, und damit meine ich nicht die allabendliche große Flasche Grappa, die am nächsten Tag wieder keiner mitgeleert haben will.

Es beginnt am sechsten Tag, nach der Wandertour, vor dem Abendessen, während einer Besichtigungstour durch den Ort. Das Gerücht von der sprechenden Madonna kursiert immer noch, und so zieht es einige in die Dorfkirche die im Innern eher schlicht gehalten ist, eine schlichte Dorfkirche ohne besondere Highlights, und die Madonna steht auf einem Sockel neben dem Altar. Nun was spricht sie zu den neugierigen Betrachtern: Keinen einzigen Ton. Damit könnte man sagen wäre die Sache eigentlich erledigt. Denkste, wie sich später noch zeigen wird.

Und jetzt pass auf! Der Froschpaul streift alleine über den Friedhof neben der Kirche und was findet er auf einem der älteren Gräber sitzend: einen kapitalen lebenden Ochsenfrosch. Der Paul hat natürlich immer eine Tragetasche dabei, für seltene Funde und und und, und so packt er den Riesenfrosch in die Tragetasche und schleppt ihn Richtung Hotel.

Etwa zeitgleich schleicht der Emil mit dem Henry um die Dorfkirche um nach Auffälligkeiten zu suchen die den Nährboden bilden könnten für das Gerücht um die sprechende Madonna, quasi der Sherlock ist erwacht, und so werden sie auch bald fündig: Außen an der Apsis befinden sich, allerdings kaum noch erkennbar, sehr merkwürdige Zeichen und stark verwaschene kleine Bildnisse.

Nun zurück zum Hotel. Der Ochsenfrosch wird vom Froschpaul im Foyer des Hotels, wo sich inzwischen die meisten Reiseteilnehmerinnen vor dem Abendessen aufhalten, freudestrahlend rumgezeigt, die meisten wenden sich erschrocken und

angewidert ab, und so bringt er
dann den Riesenfrosch in der
Tragetasche zurück auf den
Friedhof. Allerdings einige waren
schon äußerst interesiert zu
erfahren, wie denn dieses
Froschmonster wohl auf den
Dorffriedhof gelangt sein könnte,
aber auf diese Frage konnte später
auch der Froschpaul keine wirklich
plausible Antwort geben. Eine
äußerste Merkwürdigkeit, musste man
allgemein feststellen. Und
Merkwürdigkeiten können in den
folgenden Tagen noch viele in
Belcane beobachtet werden.

5

Der Kaftanfreddy, an Bergtouren nimmt er kaum teil, eher erkundet er die Umgebung mit dem Wohnmobil, quasi dolce Vita und bella Italiafeeling, hat nächtens am Ortsrand von Belcane, wo er meist mit seinem Wohnmobil steht, eine Beobachtung gemacht: Zwei Männer kommen aus der Ortsmitte und halten mit ihrem Lieferwagen, man könnte auch sagen Van, ganz in der Nähe von Freddy´s Wohnmobil auf dem Parkplatz. Das alleine wäre ja noch nichts Ungewöhnliches, aber dann steigen beide aus, öffnen die Hecktüren und rücken eine längliche Holzkiste auf der Ladefläche zurecht. Dann schließen sie beide Hecktüren wieder und brausen ziemlich zügig davon. Diebe? Kann schon sein!

Die Claudia ist Deutschlehrerin am Gymnasium und nimmt mit ihrem älteren Bruder, Egon, an der Wanderreise teil, und ihr Bruder hat einen Sprachfehler. Beispiel: Der vorgezeigte Ochsenfrosch den der Froschpaul vom Friedhof

angeschleppt hat. Egons Kommentar:
„Da timmt wat niet." So. Und die
Claudia und der Egon sammeln
während der Wandertouren Steine.
So. Und einen besonderen Stein
haben sie während der letzten Tour
im Buchenwald gefunden, fast oval,
fast schwarz, und nachts, quasi im
Dunkeln, leuchtet er schwach, ein
bläulichgrünes schwaches Licht, und
da hat der Egon zur Claudia auch
gemeint dass da wat niet timmt, und
so ist es auch, wie sich schon bald
herausstellen wird.
Der Kaftanfreddy und die Claudia
haben den Emil eingeweiht: Zwei
Männer nachts längliche Holzkiste
Ortsrandparkplatz Van alles höchst
verdächtig und dann die Claudia:
magischer   Zauberfunkelstein
bestimmt   außerirdisch. Das   hat
natürlich auch der Henry gehört,
und da hat er aber aufgeregt mit
den Augen gekullert und mit der
Schlabberzunge   hin   und   her
geschnalzt, aber wie.
Und jetzt kann´s losgehen!

6

Die Wandergruppe zeigt zunehmend Zerfallserscheinungen. Der Kaftan-freddy fährt täglich mit einigen nach Pescara zum Baden und die Hartgesottenen wandern täglich weiter die vorgegebenen Touren mit dem Coach ins süditalienische Hochgebirge, während einzelne, zu denen auch der Emil inzwischen gehört, im Ort umherschleichen und nach Informationen suchen, ich sag nur sprechende Madonna Ochsenfrosch Funkelstein und und und, und da bietet sich das Kaffee am Marktplatz geradezu an. Hier trifft man Einheimische und vielleicht lässt ja mal jemand etwas durchsickern, und genau so ist es: Die sprechende Madonna ist aus der Kirche verschwunden. Diebe sagt der Monsignore der auch täglich hier seinen Espresso oder einen kleinen Rotwein trinkt. Jetzt könnte man meinen die Polizei ist bereits eingeschaltet und fahndet nach den Madonnendieben aber Fehlanzeige: Keine Polizei! sagt der Monsignore. Aber warum fragt sich der Emil, und der Henry und der Jacko lauschen aufmerksam aus einer Ecke des Kaffees, denn der Jacko geht nicht mehr mit auf die Berge weil er sich eine Pfote verstaucht hat. Auch die anderen Hunde der Joschi der Alfred und das Jacquelinchen sind mit von der Partie: lieber mit den anderen Hunden im Ort bleiben als alpinen Bergmasochismus betreiben heißt jetzt allgemein das Hundemotto und immer auf der Lauer liegen und Ausschau halten nach interessanten Neuigkeiten, und so kommt es schon bald auch zu Freundschaften mit den einheimischen Hunden, oft recht struppige Gesellen. Besonders mit den frei umherlaufenden Hirten-hunden entsteht schnell eine Hundefreundschaft. Und solche Freunde braucht der Hund, wenn er Neuigkeiten aus der Umgebung und aus dem Ort erfahren möchte...

7

Der Monsignore ist aus Südtirol und spricht Deutsch. Das vereinfacht die Konversation für den Emil, und der möchte vom Monsignore natürlich alles über die angeblich sprechende und jetzt gestohlene Madonna wissen. Das ist aber alles nicht so einfach. Der Monsignore hat den Emil, aber ohne Hunde, ins Pfarrhaus neben der Kirche eingeladen, quasi Kirche und Presse müssen zusammenhalten, und so zeigt er dem Emil allerlei interessante Artefakte, offensichtlich sammelt der Monsignore mittelalterliche Kunstgegenstände, dazu gehören auch mehrere alte Bibeln und Bücher aus dieser Zeit. Einige dieser seltenen Exemplare hätten früher den Tempelrittern, also den Templern, gehört, und sie seien über Umwege, die er nicht näher erläutern möchte, in seinen Besitz gelangt. Der Emil erfährt vom Monsignore dass die Madonna aus dem Mittelalter ist und früher in der Basilika eines heute ziemlich verfallenen Klosters in der

Umgebung von Belcane stand. Und jetzt pass auf. Das Kloster, sagt der Monsignore, haben die Templer gebaut und dort auch lange gelebt, eine Komturei, wie man dazu sagt, und von den Templern stammt auch die Madonna, das sei ziemlich sicher. Der Künstler ist unbekannt, war aber sicher hochtalentiert, betrachtet man die Madonna in ihrer Gesamtheit, na ja besser betrachtete man sie, sie ist ja jetzt verschwunden. Und jetzt die Frage warum keine Polizei und der Monsignore deutet ausweichend an, die Madonna berge noch etliche Geheimnisse, und wer sie stiehlt, besser stehlen lässt, kennt sich aus, quasi nur Experten können sich für diese Madonna interessieren...
Dass die Madonna wirklich gesprochen hat kann auch der Monsignore nicht bestätigen. Eben ein Gerücht das sich im Volksglauben der Region hartnäckig hält.

8

Der Egon hat noch einen dunklen ovalen Stein gefunden, und die Claudia gleich: noch ein Funkelstein genau wie der den wir schon haben, und wo hat er ihn gefunden: im verfallenen Kloster hinter der Basilika, neben der Wurzel einer Pinie. So. Die Basilika ist Weltkulturerbe und schön renoviert, romanisch, und der Rest vom Kloster ist Ruine im Pinienwald. Fast die gesamte Reisegruppe ist heute auf Besichtigungstour, kein Berg-masochismus: Kultur, und so steht auch das alte Templerkloster auf dem Programm. Die Kathedrale wirkt innen ziemlich leer, romanische Schlichtheit, bis auf die verschiedenen Symbole an den Wänden und einigen verwaschenen bruchstückhaften Fresken an den Wänden nichts Auffälliges, das Dach besteht aus einer riesigen Holzkonstruktion, gedeckt mit Ziegeln. Der Altar ist ein großer Steinquader und neben dem Altar befindet sich eine Säule, die als

Sockel für eine Statue gedient haben könnte. Die Apsis ist schlecht beleuchtet, schlicht und düster. Auf dem Boden vor dem Altar befinden sich große Steinplatten, vermutlich Grabplatten, die Beschriftung ist kaum noch erkennbar.

Und das Fazit zum Kloster: Bis auf den gefundenen Funkelstein also nichts Nennenswertes, die Hunde haben auch nichts entdeckt, kein Bärenknochen garnix, und der Froschpaul hat nicht einen Frosch gefunden, im Pinienwald findet man wohl eher keine Frösche, und dann geht die Besichtigungstour mit dem Reisebus weiter in eine Kleinstadt: Markt Mittagspause Nachmittag zur freien Verfügung.

Die Hunde haben ihr schönstes Bettelgesicht aufgesetzt und so gibt es fast an jedem Marktstand für sie kleine Leckereien. Das tut aber den Riesenfressnäpfen am Hotel abends keinen Abbruch, inzwischen stehen ihre Fressnäpfe draußen neben der Eingangstür um die einheimischen Straßenhunde nicht ins Hotel zu locken, was den Straßenhunden gut gefällt, denn so springt für sie auch was ab.

Der Egon hat den neuen Funkelstein

ins Zimmer gelegt, und alle werden
nach der Besichtigungstour wieder
mit einem mehrgängigen Abendmenü
viel Wein und der Grappaflasche
verwöhnt, die Hunde streifen nach
der Riesenfressnapforgie noch mit
ihren einheimischen Freunden durch
den Ort, eigentlich nichts
Neues...nicht ganz: Der
Sprachfehler vom Egon ist weg, und
da staunen die Claudia und die
anderen ReiseteilnehmerInnen aber
nicht schlecht, quasi da stimmt was
nicht statt da timmt wat niet, und
keiner weiß die Ursache...noch
nicht...

9

Und was ist denn wenn die Lahmen wieder gehen die Tauben wieder höhren die Sprachgestörten wieder richtig sprechen der Ochsenfrosch auf den Gräbern hüpft und die Funkelsteine funkeln und die sprechende Madonna entführt wurde und und und...da müssen höhere Mächte ihre Finger im Spiel haben, und genau so ist es, und jetzt pass auf was noch alles passiert...
Die kleine Jacky hat einen der beiden Funkelsteine von der Kommode im Hotelzimmer geholt und schwupp di wupp schon hat sie ihn verschluckt. Die Tür stand offen da muss man doch mal nachsehen hat sich die Jacky gedacht und dass sie den Stein gleich verschluckt war unbeabsichtigt, er hat beim Beschlabbern quasi wie automatisch den Weg in die neugierige Jacky genommen, aber was jetzt. Gut alles was den Weg hinein findet findet ihn meist auch wieder heraus aber das kann dauern.
Der gefräßige träge Alfred hat es als erster bemerkt, neugierig wie

Möpse nunmal sind ist er der Jacky hinterhergeschlichen, nicht das sie ihm noch die unterm Bett versteckten Essensreste stiehlt, da muss man schon höllisch aufpassen, und dann ist ihm im dunklen Zimmer gleich aufgefallen wie die Jacky jetzt leuchtet aber wie...und dann fängt sie plötzlich auch noch an zu sprechen, also menschlich, und kann einen Handstand auf beiden Vorderpfoten machen, und das war dann doch zu viel für den Alfred, und da ist er gleich vor die Hoteltür zum Henry zum Jacko zum Joschi und und und und hat berichtet.

Die Hunde sind alarmiert und als dann die glühende Jacky vor die Tür kommt springt der Funkelsteinfunke auch auf die anderen Hunde über: menschliches Sprechen...

10

Die Wanderreise geht zu Ende, und
nach einer Besichtigung einer
Schäferei mit angeschlossener
Käserei und einem ausgiebigen
Imbiss für die ReiseteilnehmerInnen
geht es gegen Abend wieder
heimwärts Richtung Deutschland. Die
Jacky hat den Funkelstein wieder
ausgeschieden und ist danach wieder
ganz die Alte, meint man
jedenfalls, auch die anderen Hunde
sind wieder mit auf der Rückreise,
alle eher unauffällig, meint man
jedenfalls, und der Emil mit dem
Henry und der Kaftanfreddy mit dem
Wohnmobil fahren nicht mit nach
Deutschland zurück, sie wollen noch
einige Tage länger in Belcane
bleiben. Und die Claudia hat dem
Emil den zweiten Funkelstein
geschenkt den der Egon im
Pinienwald beim Kloster gefunden
hat. Das hat natürlich Folgen.
Zuerst unterhält sich der Henry mit
dem Emil auf Englisch, und später
spricht er dann noch weitere
Sprachen, und auch der Emil spürt
bei sich die Bewußtseinserweiterung

Latein   Hebräisch   Arabisch
Französisch und und und...und dafür
gibt   es   eigentlich   nur   eine
plausible   Erklärung: Die
nanokleinen Veganossi sind wieder
da!

11

In Belcane wird getrauert. Die Großmutter des Hotelbesitzers ist gestorben. Der Monsignore hält eine ergreifende Predigt, und an der Beerdigung nimmt der gesamte Ort teil. Der Emil der Henry und der Kaftanfreddy beobachten das Geschehen von der Friedhofsmauer aus, später drücken der Emil und der Kaftanfreddy den Hotelbesitzern ihr Beileid aus. Sie werden zum Leichenschmaus im Hotel eingeladen, und für den Henry bleibt auch ein großer voller Fressnapf übrig. Das der Henry sich in menschlicher Sprache bedankt ist im Gewirr der Trauergästestimmen niemandem aufgefallen.

Einige Trauergäste flüstern. Ein Gerücht? Der Henry spitzt die Ohren und fängt jedes Wort genau auf: Wurde die Großmutter vergiftet oder Selbstmord? Der plötzliche Tod ohne sichtare Fremdeinwirkung hat schon vor der Beerdigung Fragen aufgeworfen, und da waren bereits die Carabinieri kurzfristig unauffällig im Hotel: ohne Ergebnis und keine staatsanwaltlichen Ermittlungen, die Leiche wurde für die Beerdigung freigegeben. Doch Zweifel bleiben, und die werden immer nachts am größten, im Tiefschlaf, oder während der Geisterstunde, und da hat es in der Beerdigungsnacht der Großmutter auf dem Friedhof seltsame Lichterscheinungen gegeben, sagen die einheimischen Hirtenhunde zum Henry, und die müssen es ja genau wissen weil sie auch nachts durch den Ort streifen, und das hat der Henry am nächsten Morgen dem Emil brühwarm beim Frühstück berichtet, quasi Sherlock an Sherlock: neuer geheimnisvoller Fall, und da ist der Emil ganz Ohr und der Henry kullert aufgeregt mit seinen Augen. Der Emil setzt sich nach dem Frühstück an ein Tischchen vor dem Dorfkaffee am Markt, trinkt einen Espresso und beobachtet die Dorfbewohner beim Einkaufen, der Henry streift mit den Dorfhunden durch den Ort, es ist Wochenmarkt, quasi der Fischhändler ist da der Käsehändler ist da die Gemüsefrauen sind da der Nudelhändler ist da und und und, und da werden Gespräche geführt und Neuigkeiten ausgetauscht, Dorftratsch und

Gerüchteküche, und die neugierigen schlauen Hunde sitzen bei den Marktständen, setzen ihr schönstes Bettelgesicht auf bis die Leckerlies abfallen und belauschen ganz nebenbei fast jede Unterhaltung, und da behaupten doch zwei alte Frauen, ihr Haus liegt beim Friedhof, es habe nachts auf dem Friedhof gespukt, sie haben vom Friedhof nämlich Geräusche gehört...

Der Emil nippt weiter an seinem Espresso, raucht eine Zigarette nach der anderen, und dann kommt der Monsignore und setzt sich zu ihm an das Tischchen: kleiner Vino rosso.

Es wird langsam Mittag, die Sonne scheint ihnen ins Gesicht, die Hunde laufen weiter über den Markt und durch den Ort. Zeit für eine Mittagspause...

12

Der Spuk nimmt kein Ende. Inzwischen ist auch dem Monsignore aufgefallen das da etwas nicht stimmt, und dann zeigt der Emil dem Monsignore den ovalen Funkelstein. Der Monsignore hat den Emil auf ein Gläschen Wein ins Pfarrhaus eingeladen, und als er den Stein sieht wird er plötzlich betont schweigsam und der Emil denkt gleich: Da stimmt was nicht!, und als der Emil dem Monsignore auch noch vom sprechenden Henry erzählt gerät der Monsignore vollständig aus der Fassung. Er erzählt dem Emil von einer geheimnisvollen Sekte und unheimlichen Ritualen und anderem Teufelszeug, wie der Monsignore meint, dann bittet er den Emil um den Funkelstein, der gibt ihn aber nicht ab, und so ist das Gespräch auch schnell wieder beendet, denn der Monsignore sagt plötzlich er habe nur ganz wenig Zeit, weil er noch so viel zu erledigen habe.

Das Interesse am Funkelstein und keinerlei weiterer Kommentar zum

sprechenden Henry hat den Emil
natürlich ganz neugierig gemacht,
und nachdem er das Pfarrhaus
verlassen hat ist nun endgültig der
Sherlock in ihm erwacht und das
spürt auch der Henry ganz genau...
Und jetzt kann´s losgehen!

13

Eine weiße Frau ist durch den Ort geschwebt, das hat der Kaftanfreddy nachts ganz genau durch sein Wohnmobilfenster beobachtet, und das lag diesmal bestimmt nicht am Grappa und am vielen Rotwein, und das war vielleicht unheimlich. Alter Schwede. Und das hat der Kaftanfreddy dann beim Frühstück im Hotel dem Emil erzählt, und der Henry sitzt unterm Tisch und hört zu.

Also Geisterstunde Spuk und und und in Belcane...

Und was ist denn wenn Blinde sehen Taube hören Stumme sprechen Ochsenfrösche auf Friedhöfen hüpfen und und und...dann müssen höhere Mächte ihre Finger im Spiel haben, und genau so ist es...

Und jetzt muss eine Strategie her: Ursache???

Und da kann sich der Emil auf den Henry bestens verlassen und der Kaftanfreddy will auch mitmachen: Und wie kommen sie den Geheimnissen am besten auf die Spur?...das ist hier die Frage...

Und jetzt pass auf. Der Emil hat den Monsignore, und der weiß mehr als er sagt, und wo ist die sprechende Madonna, und der Henry hat die Hirtenhunde und die verraten fast alles, schlaue Buben, und da hat der Henry mit den Hirtenhunden eine Gang, und Hundegang gegen Gangstergang und gegen Spukgang, und da haben die Hunde schon eine schöne Strategie entwickelt, quasi vom Fressnapf zur Beobachtung, und fressen belauschen und beobachten bringt die Erkenntnis, aber nur bei den schlauen Hunden, das weiß doch jeder, und guck mal die dicke Jenny mit dem Joschi: beide viel fressen und wenig Erkenntnis. So.

14

Die Hunde haben nachts den Friedhof, und da gibt es gegen Mitternacht gar schauerliches Gerausche und Geheule, und das sind ganz sicher nicht die Hunde, das man sein eigenes Wort kaum noch versteht, und der Ochsenfrosch hüpft von Grab zu Grab. Und kaum hat man sich versehen steigt auch schon das weiße Gespenst auf. Da kann dem hartgesottensten Sherlock schon Angst und Bange werden, aber wie, aber Gang ist Gang, und da kann man den Horror wenigstens aufteilen, und wenn viele das gleiche sehen ist es trotzdem nicht gleich die Wahrheit, oft steckt hinter einem Spuk ein noch viel größerer Spuk, und den muss man erst einmal herausfinden, also ich, und da haben die schlauen Hunde schon eine Strategie, und der Emil schleicht mit dem Kaftanfreddy durch den Ort bis zur Friedhofsmauer aber da ist der Spuk schon weitergezogen nur der Ochsenfrosch hüpft noch, und die Hunde sind dem Spuk natürlich hinterher durch den ganzen Ort und dann weiter bis zum verfallenen Kloster, und da stehen nach Mitternacht noch die schwarzen Limosinen, und die Insassen sind wohl alle in der alten Basilika, und jetzt heißt es aufpassen und Strategie: aufteilen! und Sherlock an Sherlock: Was machen die hier? So.

Und dann sind einige Hirtenhunde schön versteckt im Pinienwald beim Kloster geblieben, und der Henry ist mit dem Rest der Meute zurück in den Ort, und einige DorfbewohnerInnen lauern hinter ihren Fenstern und der Kaftan und der Emil stehen an der Friedhofsmauer und das Gespenst und der Ochsenfrosch sind verschwunden, und der Henry flüstert zum Emil über seine Beobachtungen vom alten Kloster, und jetzt wird es Zeit für einen Besuch beim Monsignore...

15

Keine Zeit für Spuk- und
Hundegeschichten lässt der
Monsignore durch seine Haushälterin
ausrichten, und da müssen der Emil
der Henry und und und alleine
weitermachen, denn auch der
Kaftanfreddy hat seine Zelte in
Belcane nach dem Frühstück im Hotel
abgebrochen und ist mit dem
Wohnmobil Richtung Bibione
aufgebrochen: Sonne Strand Meer
Pizza Campingplatzidylle und und
und...
Jetzt wer sind die nanokleinen
Veganossi denn alles deutet darauf
hin dass genau die bei den
Ereignissen in Belcane auch mit im
Spiel sind...
Also. Die nanokleinen Veganossi
sind außerirdischer Natur. Sie sind
nanoklein und damit für die meisten
irdischen Lebewesen unsichtbar. Sie
reisen mit sehr kleinen
Raumschiffen, und vermutlich
verfügen sie auch über Technologien
um Zeitsprünge über große
Entfernungen durchführen zu können.
Und was noch?: Sie wandern in die

Gehirne von Lebewesen und verleihen diesen ganz besondere Fähigkeiten quasi Spuk im Gehirn und du bist super quasi Supergirl Superoma Superopa Supersherlock Superhippie und und und, und das sind die neuen Fähigkeiten die sonst keiner hat: zwanzig bis hundert Fremdsprachen sprechen von den Toten auferstehen ein merkwürdiges Grinsen haben und und und...also ich.

Und woher wissen wir das alles?: Das hat der schlaue Henry dem Emil verraten, und der Henry muss es ja wissen...

Aber das wusste der Emil natürlich alles schon vorher denn mit den nanokleinen Veganossi hatte er ja früher schon ordentlich zu tun, und da reicht ein Sherlock nicht um das alleine zu ermitteln, ich sag nur Bibione und der Vatikan und die Glashandspieler und die Börsenhippies und und und, also ich...

16

Die Hotelspukoma ist garnicht richtig beigesetzt worden, sagt der struppige Hirtenhund zum Henry, sondern nachts aus der Aussegnungshalle neben der Kirche von zwei Männern mit einem schwarzen Van mit einer Trage abgeholt worden und schwupp weg war sie mit dem Van, und keiner weiß wohin...sagen wir: noch weiss das keiner, und eins ist klar: im Grab ist der leere Sarg...
Und was verraten die schlauen Hirtenhunde dem Henry noch, und der kullert wieder ganz aufgeregt mit den Augen und die Schlabberzunge geht hin und her als er das dem Emil zuflüstert: Es gibt einen Geheimbund und eine Verschwörung in Belcane, und da geht es nicht nur um Peanuts sondern um ein riesiges Vermögen, und im Kern der Betrachtungen muss die Hotelspukoma stehen, denn die war die graue Eminenz, quasi meins ist meins wie es singt und lacht, und bei solch einem Vermögen hatte die Hotelspukoma bestimmt gut lachen

aber wie, aber wo viel ist liegen die Blutsauger natürlich schon kräftig auf der Lauer und alle hätten gerne etwas davon ab, aber wie...und da hilft natürlich ein geschickter Giftmord, bloß muß man natürlich auch die Giftwirkung kennen, und da gibt es Gifte da ist man nur scheintot, und nach Tagen steht man wieder auf als wäre nichts gewesen, und dann schauen die GiftmörderInnen mit dem Ofenrohr ins Gebirge, und ätsch die Oma ist wieder da und es gibt kein Vermögen und es gibt keinen Schmuck und es gibt keine Grundstücke und es gibt keine Häuser und es gibt kein Hotel und und und...

17

Der Emil sitzt vorm Dorfkaffee mit seinem Espresso und raucht eine Zigarette. Er hat ein Zimmer bei einer alleinstehenden älteren Dame gemietet. Sein Hotelzimmer war angeblich schon im Vorjahr gebucht worden und „keine andere Camera in unsere Hotel iste mehr freie", sagte die Juniorchefin. Das vereinfacht die Sache zumal der Service in den vergangenen Tagen ohnehin immer sparsamer wurde, vielleicht hat die Hotelfamilie Wind von Emils Sherlockaktivitäten bekommen, anzunehmen ist es, doch Beobachtungen von Außen sind natürlich um einiges aufwändiger als von innen, sei es drum, der Emil genießt den Espresso in der warmen Sonne mit Blick auf den Markt, und der Henry ist irgendwo mit den einheimischen Hunden unterwegs.

Der Monsignore macht sich rar, offenbar hat er etwas zu verbergen, und die Einheimischen sind neugierig zu erfahren was den Emil und den Henry noch länger in

Belcane hält, doch was ein echter Sherlock ist, der ist verschwiegen und listig, und das gilt natürlich auch für den Henry, denn der liegt immer irgendwo aufmerksam auf der Lauer und die schlauen Hirtenhunde und und und...

Es ist Markt und an den Ständen und Verkaufswagen tummeln sich die Einheimischen. Auch der Monsignore schleicht zuerst zum Käsestand, dann zum Fischhändler, und dann ist er ruck zuck auch schon wieder verschwunden.

Ein Reisebus mit italienischen Bergwanderern hält am Marktplatz. Sie steigen aus und decken sich mit Proviant ein.

Ein älterer Mann setzt sich zum Emil an das Tischchen. Er trinkt einen Rotwein und redet unverständliches Zeug.

Der Emil zahlt und geht Richtung Kirche. Vielleicht kann er ja den Monsignore in ein Gespräch verwickeln und Neuigkeiten erfahren. Zum Beispiel was mit der verschwundenen Madonna ist und und und...

Doch der Monsignore ist ein listiger Fuchs denn kaum entdeckt er den Emil am Kirchenportal ist er auch schon im Pfarrhaus verschwunden und auf Emils Nachfrage sagt die Haushälterin: Keine Zeit!

Also muss der Emil die Rätsel ohne Mithilfe des Monsignore lösen, und dabei helfen ihm ja auch noch der Henry und seine schlauen Freunde die Hirtenhunde.

18

Ein sommerlich gekleideter unbekannter Herr sitzt in der Sonne vorm Dorfkaffee und wie sich bald herausstellt kein Bergwanderer. Der Emil kommt schnell mit ihm ins Gespräch: ein Italiener: pensionierter Hochschulprofessor für mittelalterliche Geschichte und Hobbyarchäologe. Doch was zieht einen Professore nach Belcane? Die Antwort ist schnell gegeben: Die sprechende Madonna aus dem Mittelalter, aber die ist ja verschwunden, also sucht der Professore vermutlich nach ihrem Verbleib, und genau so ist es, wie der Emil im Gespräch schnell vom Professore herausbekommt, und das freut den Sherlock, quasi Professoreverstärkung in Belcane, und dann hat der Emil natürlich im weiteren Gespräch den Professore ganz scharf auf ein Treffen mit dem Monsignore gemacht, und dass der Emil da mitgeht ist doch klar, quasi Professore an Monsignore wo ist die sprechende Madonna und der Emil hört zu und stellt die

kniffeligsten Sherlockfragen aber
wie...und am Ende ist man genau so
schlau wie vorher weil der
Monsignore kein einziges Vögelchen
rauslässt, außer: dass er den
riesigen Ochsenfrosch gemeinsam mit
der Haushälterin auf dem Friedhof
eingefangen hat und dann im
Plastikeimer in den Wald getragen
hat, quasi der Friedhof ist jetzt
wieder ochsenfroschfrei, und wo die
Madonna ist weiss keiner behauptet
der Monsignore, wahrscheinlicher
ist es dass er schon eine Ahnung
hat und bloß nichts verraten
will...
Fakt ist es gibt eine neue
Sherlockallianz denn der Professore
hat sich ein Zimmer in Belcane
genommen, und dass der Monsignore
mehr weiss als er sagt ist doch
klar, oder...

19

..."und als der Emil dem Monsignore auch noch vom sprechenden Henry erzählt gerät der Monsignore vollständig aus der Fassung. Er erzählt dem Emil von einer geheimnisvollen Sekte und unheimlichen Ritualen und anderem Teufelszeug, wie der Monsignore meint, dann bittet er den Emil um den Funkelstein, der gibt ihn aber nicht ab, und so ist das Gespräch auch schnell wieder beendet, denn der Monsignore sagt plötzlich er habe nur ganz wenig Zeit, weil er noch so viel zu erledigen habe"...So geschehen vor einigen Tagen, und da denkt der Emil natürlich gleich wieder an den Funkelstein, weil den der Monsignore unbedingt haben wollte, quasi abluchsen den Zauberstein, und der Monsignore hat bestimmt die Zauberkräfte des Steins für sich nutzen wollen, aber was er bestimmt noch nicht geahnt hatte war die vermutliche Anwesenheit der nanokleinen Veganossi, denn die konnte er eigentlich noch nicht

kennen, so wie der Emil und und
und. Nun warum nur vermutliche
Anwesenheit der nanokleinen
Veganossi? Ganz einfach: Sprechende
Hunde und Bewußtseinserweiterungen
und zwanzig Fremdsprachen sprechen
können und und und sind noch lange
kein Beweis für ihre tatsächliche
Anwesenheit. Das kann auch an
anderem Zauber oder der guten
Bergluft in Belcane liegen. Aber
trotzdem: Ganz großer
Sherlockverdacht und Hauptver-
dächtiger: Strahlender Funkelstein!
Und da ist doch klar auf was man
besonders aufpassen muss: Auf den
Funkelstein, und den hat der Emil
immer in seiner Hosentasche...

20

Jetzt pass auf was passiert ist. Der Funkelstein hat plötzlich seine ganze Kraft entfaltet, und da sind nicht nur der Emil und der Henry betroffen, nein, der strahlt in den Ort wie ein Elektromagnet in die Eisenfeilspäne, und dann gibt es natürlich eine ganz neue Ordnung und und und, und das ist das Signal das es losgeht: Das merkwürdige unnatürliche Lächeln, und das geht so schnell, denn schon bald lächelt der ganze Ort und keiner weiss warum, nur der Emil und der Henry die lächeln nicht, quasi Sherlock muss ernst bleiben...und dann geht es kräftig weiter, und da gibt es für den Emil keinen Zweifel mehr: Die nanokleinen Veganossi sind mit dem Funkelstein zurückgekehrt, und jetzt strahlen sie aus diesem heraus in die Köpfe...

Jetzt was bedeutet das für Belcane? Nehmen wir zum Beispiel den Fischhändler auf dem Marktplatz: der grinst plötzlich seine Kunden an, und die grinsen genau so unnatürlich zurück während er ihnen die stinkigsten alten Fische verkauft und in Zeitungspapier einwickelt, oder der Bergbauer mit dem Käsestand: der grinst genau so unnatürlich wie der Fischhändler und verkauft seiner Kundschaft einen uralten harten Pecorino den man fast nur noch mit einer ordentlichen Hacke kleinkriegt, und die Kunden lächeln und nehmen den steinharten Käse mit, und so läuft es plötzlich auf dem gesamten Markt und im Kaffee am Markt und und und: Die nanokleinen Veganossi!

Doch was passiert jetzt noch, mal abgesehen davon dass der Ochsenfrosch noch vier weitere Ochsenfrösche aus dem Wald mitgebracht hat und jetzt alle auf dem Friedhof auf den Gräbern sitzen oder kräftig umherhüpfen: die nanokleinen Veganossi haben nur dem Emil und dem Henry besondere Zusatzfähigkeiten verliehen, und der Professore und die anderen DorfbewohnerInnen sind davon nicht betroffen: die Fähigkeit sich bis in den Nanobereich beliebig verkleinern und danach wieder bis zur Normalität rückvergrößern zu können, und auch die vielen neuen Fremdsprachen können andere Dorf-bewohnerInnen im Ort nicht

sprechen: die können nur dämlich grinsen, sonst nichts...
Und je kleiner man wird desto mehr erfährt man, und genau so ist es als der Emil mit dem Henry seine erste Verkleinerungsreise zum Monsignore gemacht hat, und die neugierig-misstrauische knurrige Haushälterin hat nichts gemerkt als sie gemeinsam durchs Schlüsselloch ins Pfarrhaus gehuscht sind. Und da gibt es eine Menge zu entdecken, denk nur die geheimnisvollen Artefakte die der Monsignore überall versteckt hat, und dann gibt es auch einige Hinweise auf den Verbleib der Hotelspukoma und das musst du wissen, der Monsignore hat ein ganz geheimes Gewölbe unter dem Pfarrhaus und in diesem Gewölbe vermuten der Emil mit dem Henry die spukhaftesten Zaubergegenstände, und genau so ist es, in einer düsteren Nische steht ein glänzender Gegenstand...man könnte meinen ein Kerzenleuchter mit oben zwei Köpfen, einer scheint männlich und einer sieht weiblich aus mit langen Haaren bis zum Fuß des Objektes, und es gibt keine Halterungen für Kerzen, also kein Kerzenständer, aber was dann...
Der Monsignore ist mit zwei Herren

im schwarzen Anzug hereingekommen und ins Wohnzimmer gegangen. Sie trinken Tee den die Haushälterin bringt und unterhalten sich über die Klosterkirche der verfallenen Abtei. Ein nächtliches Treffen vor Ort wird vereinbart, und der Monsignore soll den merkwürdigen Gegenstand aus dem Gewölbe und einen besonderen Spiegel mit-bringen. Nach dem Tee verschwinden die Herren schnell wieder mit einem großen Lancia den sie vor dem Pfarrhaus geparkt haben. Und der kleine Emil und der kleine Henry huschen unbemerkt mit durch die Pfarrhaustür und notieren sich die Autonummer...und jetzt kann´s losgehen...

21

Der Professore hat eine Wanderung zur verfallenen Abtei, quasi zur gut erhaltenen Abteikirche, besser Kathedrale, gemacht und einige interessante Erkenntnisse gewonnen die er dem Emil in der strahlenden Sonne bei einem Espresso vor dem Dorfkaffee berichtet. Der Professore ist nicht vom unnatürlichen Lächeln ergriffen, dafür der ganze restliche Ort, außer der Monsignore und seine knurrige Haushälterin, und der Emil ist natürlich auch nicht betroffen und hat wieder seine natürliche Größe und der Henry auch, und die Hunde sind irgendwo im Wald unterwegs.

Inzwischen hat sich in Belcane eine Bürgerinitiative „Ochsenfrosch-freies Belcane" unter Federführung der Haushälterin des Monsignore gegründet, und denkt man dass ein Ochsenfrosch drei bis vier weitere Ochsenfrösche anlockt dann dürften inzwischen schon über zwanzig Ochsenfrösche auf dem Friedhof und im Ort umherhüpfen, und da sind natürlich alle Bürger von Belcane aufgefordert die dicken Frösche einzusammeln und zur Sammelstelle auf dem Marktplatz zu bringen, und da warten schon die Gemeinde- arbeiter mit dem „APE"-Dreirad, und dann werden die Plastikeimer mit den Ochsenfröschen von den unnatürlich grinsenden Dorf- bewohnern auf die Ladefläche gestellt und von den unnatürlich grinsenden Gemeindearbeitern mit dem Dreirad aus dem Ort gefahren, weit weg, irgendwohin.

Und jetzt zurück zum Professore. Der hat entdeckt dass es unter der Klosterkirche eine Gruft gibt zu der es in der Kathedrale Zugang unter einer Falltür beim Altar, also in der Apsis und auch von außerhalb im Pinienwald, gibt. Der Eingang aus dem Pinienwald ist allerdings zugemauert. Also hat der Professore, zumal er der einzige in der Kathedrale war, die Klappe beim Altar geöffnet und ist in die düstere Gruft hinabgestiegen, eine Taschenlampe und ein Photohandy hat ein Hobbyarchäologe wie der Professore natürlich immer dabei, und so hat er die mittelalterlichen Sarkophage und den merkwürdigen Altar in der Gruft untersucht und alles photographiert. Und wer liegt in den Sarkophagen?: Die Tempelritter! Besser gesagt eine bestimmte Sektion der Tempelritter, der Professore meint man könnte statt Sektion durchaus auch „Sekte" sagen. Und diese Tempelritter waren zur Zeit der Kreuzzüge auch in „Ninive", die Ruinen dieser Stadt liegen heute im Stadtgebiet von Mossul im Irak, bevor sie über Süditalien Richtung Norden zogen. Einigen von ihnen würde nachgesagt, sagt der Professore, sie hätten in „Ninive" alte Schriften und Kultgegenstände gefunden die ihnen besondere Kräfte verliehen und den Weg zur Zauberei gewiesen hätten... Der Professore schaut den Emil an und beendet das Gespräch, denn der Monsignore hat sich zu ihnen an das Tischchen in die Sonne gesetzt um seinen kleinen Rotwein zu trinken. Das Gespräch dreht sich nun schnell um die Ochsenfroschinitiative im Ort und wie schlimm es doch ist wenn lauter dicke Ochsenfrösche auf dem Friedhof und im Ort umherhüpfen und das man jetzt hofft mit Hilfe der Bevölkerung und der Gemeindearbeiter der Plage Herr zu werden. Sonst redet der Monsignore nur belangloses Zeug und bleibt auch nicht lange. Er habe viel zu tun, sagt er als er geht.

Der Professore und der Emil vereinbaren ein nächtliches Geheimtreffen im Pinienwald bei der Klosterkathedrale und der schlaue Henry und die schlauen Hirtenhunde werden natürlich auch mit von der Partie sein, quasi geballte Sherlockallianz und volle Deckung und ganz gut beobachten was passiert, und da ist es dann schneller Nacht als man denkt und alle Sherlocks sitzen im Pinienwald, und dann flüstert der Emil dem Professore zu was er in nanokleiner Form mit dem nanokleinen Henry im Pfarrhaus erlebt hat, und kaum hat er das dem Professore berichtet schon fährt ohne Licht der geheimnisvolle Lancia mit den zwei Herren und dem Monsignore vor.

Der Monsignore trägt zwei große ausgebeulte Stoffbeutel und einer der beiden Herren trägt eine Transportbox, und drin sitzt die struppige Katze und knurrt. Jetzt müssen sich der Emil und der Henry wieder verkleinern und dann nix wie hinterher in die Kathedrale und weiter in die Gruft. In dem einen Stoffbeutel ist der goldene

Kerzenleuchter ohne Kerzen-
halterungen und im anderen
Stoffsack ist ein ovaler
Handspiegel. Sie stellen den
Leuchter auf den Altar. Der
Leuchter hat oben bei den Köpfen
und unten im Fuß je eine kleine
Klappe. Einer der geheimnisvollen
Herren öffnet die untere Klappe und
legt einen weißlichen ovalen
Glitzerstein in die untere Klappe
und verschließt die Klappe wieder.
Und jetzt wird´s spannend, und
keiner hat die Anwesenheit vom Emil
und vom Henry bemerkt.
Sie haben die lebende Katze in
ihrer Transportbox in einigem
Abstand zum Altar neben einem
Sarkophag auf den Boden gestellt
und während die Katze in ihrer Box
grießgrämig jault strahlt plötzlich
vom Leuchter auf dem Altar ein
gleißend heller Lichtstrahl den der
Monsignore mit dem merkwürdigen
ovalen Handspiegel einfängt und
Richtung Katze lenkt, und kaum wird
die Katze von diesem Lichtstrahl
getroffen ist sie auch schon aus
ihrer Box spurlos verschwunden...
Danach geben sie den Glitzerstein
in das obere Fach des Leuchters bei
dem weiblichen der beiden Köpfe
aber es entsteht kein erneuter

Lichtstrahl trotz mehrfachen Hin- und Herbewegens des Leuchters auf dem Altar. Offensichtlich wollen sie die Katze zurück- transportieren...aber das funktioniert nicht trotz mehrfacher Versuche: Die Transportbox ist leer und die Katze bleibt verschwunden. Danach brechen sie ziemlich hektisch aus der Gruft Richtung Auto auf und der weißliche Glitzerstein ist noch in dem Leuchter, und den Stoffsack mit dem Leuchter und den Stoffsack mit dem Spiegel trägt wieder der Monsignore, und kaum stehen sie am Auto und wollen die Stoffsäcke in den Kofferraum legen stürmen die schlauen Hirtenhunde aus dem Pinienwald hervor, entreißen ihnen die Stoffsäcke nebst Inhalt und verschwinden damit schnell in der Dunkelheit, und der Emil und der Henry haben längst wieder ihre natürliche Größe angenommen und schleichen mit dem Professore unbemerkt Richtung Belcane...

22

Und jetzt pass auf. Der Emil und der Professore sitzen vorm Dorfkaffee in Belcane in der Sonne, schlürfen ihren Espresso, und der Emil raucht eine Zigarette. So. Die schlauen Hirtenhunde haben den Stoffsack mit dem goldenen Zauberleuchter und den Stoffsack mit dem Zauberspiegel im Wald versteckt und nur der Henry weiß wo. Und die beiden Herren die mit dem Monsignore nachts in der Abteikirche waren, also die weggebeamte Katze und und und kommen aus dem Vatikan, verraten die Autonummern vom großen Lancia, quasi Exorzisten Spukmacher und und und, und der Professore erzählt dem Emil eine Geschichte die auch mit den Sarkophagen in der Abteikirchengruft zusammenhängt denn die Symbole an den Särgen verraten nicht nur dass hier Tempelritter liegen sondern es gibt Hinweise auf eine Gruppe von Tempelrittern die weiter Richtung Norden gezogen sind. Diese nannten sich später „Die Herren vom schwarzen Stein" und gründeten am Fuße des Untersberges bei Berchtesgaden im Mittelalter eine Komturei, sagt der Professore, quasi Kloster, und der Komtur war der Abt, quasi der Obermönchsritter. Jetzt warum „schwarzer Stein", und der Professore erzählt dem Emil sie hätten einen schwarzen Stein bei ihrem Aufenthalt in Ninive und alte Schriften gefunden, in denen stand dass der schwarze Stein Zauberkräfte habe, vermutlich ein besonders geschliffener schwarzer Amethyst, und so betrachteten sie sich fortan als Wächter dieses schwarzen Steins und sollen ihn mit zu ihrem später gegründeten Kloster am Fuße des Untersberges gebracht haben, und dort verläuft sich nach dem Untergang der dortigen Komturei dann die Spur des schwarzen Steins, sagt der Professore, wobei er ausdrücklich darauf hinweist dass es sich eher um eine Legende handeln dürfte, da belegbare Fakten fehlen beziehungsweise über die vielen Jahrhunderte verloren gegangen sein dürften. Und dann erzählt der Professore dem Emil noch dass er die Vermutung habe das dieser schwarze Zauberamethyst etwas mit dem Zauberleuchter und dem Zauberspiegel des Monsignore zu tun haben könnte, quasi fehlender Zauberstein für das zweite Fach im Leuchter, und dann wirken der weiße Funkelstein und der schwarze Funkelstein im Leuchter mit gemeinsamer Zauberkraft und dann kann´s losgehen...der Zauberleuchter wird zum Zauberbeamer, und dann beamt er alles was es gibt, hin und her hin und her aber wie, und dann wird das Gespräch im Flüsterton schnell beendet denn der Monsignore kommt und setzt sich zu ihnen an das Tischchen: kleiner Rotwein.

23

Jetzt Sherlockstrategie und Grundsatzfragen der Emil der Henry der Professore die schlauen Hirtenhunde: Wo ist die Hotelspukoma wo ist die sprechende Madonna wo ist der schwarze Zauberstein der Templer wo ist die verschwundene Katze und und und, und dass der schwarze Zauberstein der Templer mit dem weißen Zauberstein zusammen in den goldenen Zauberleuchter gehört und sonst auch der ovale Zauberspiegel nicht richtig funktioniert ist doch klar, oder... Also: Reise! Aber wohin? Ist doch klar: In den Vatikan, weil wo soll sich der schwarze Templerstein denn sonst befinden, und dann hat der Emil ja den schwarzen Funkelstein mit den nanokleinen Veganossi, und die verkleinern bestimmt nicht nur den Emil und den Henry sondern auch den Professore und die schlauen Hirtenhunde... Und so ist es damit besprochen, natürlich im leisesten Flüsterton, beim Espresso vor dem Dorfkaffee, und die Sherlockallianz steht.

Es ist wieder Markttag und die Bewohner von Belcane bevölkern die Verkaufswägen und Stände. Besonders laut schreit wieder der Fischhändler und am Käsestand herrscht Hochbetrieb so als gäbe es schon morgen keinen Bergkäse mehr, und was besonders auffällt ist das Fehlen des unnatürlichen Grinsens bei den KäuferInnen auf dem Markt. Offensichtlich haben still und leise Veränderungen beim Wechselspiel mit den nanokleinen Veganossi stattgefunden, und der Emil hat den ovalen Funkelstein immer in der Hosentasche und hat nichts gespürt...

Der Monsignore nähert sich dem Dorfkaffee und setzt sich zum Emil und zum Professore an das Tischchen: kleiner Rotwein, und dann kommen der Professore und der Monsignore schon bald in ein angeregtes Gespräch über den Bau und ihre Erbauer mittelalterlicher Klöster. Als das Gespräch auf die verfallene Abtei und die Kathedrale in Dorfnähe kommt wirkt der Monsignore recht zögerlich aber der Professore lässt natürlich nicht locker: „Monsignore, wer sind eigentlich die in der

75

Abteikirchengruft beigesetzten Mönche?" und der Monsignore: „Vom Papst höchstpersönlich ex-kommunizierte Templermönche, eine christliche Sekte denen Zauberei vorgeworfen wurde. Kontakt zum Jenseits, Kontakt zum Teufel, Hexerei und Hexenflug, und und und."

Und der Professore: „Stellt sich natürlich gleich die Frage warum die Tempelritter dann auf geweihtem Boden beigesetzt wurden."

Und der Monsignore: „Die Tempelritter sollen ihrem Aberglauben in einem Hexenprozess vor einem vatikanischen Tribunal öffentlich abgeschworen haben, mussten aber ihr gesamtes Vermögen und ihre Wertgegenstände an den Vatikan abliefern und durften dafür als arme Mönche mit strengen Glaubensregeln ihr weiteres Leben im Kloster verbringen und wurden nach ihrem Tod dort auch beigesetzt."

Dann hat es der Monsignore plötzlich eilig...zahlen und schnell gehen... Vor dem Hintereingang des Pfarrhauses steht die knurrige Haushälterin und winkt dem Monsignore: Eine schwarze Mercedeslimousine ist vorgefahren!

24

Und damit hat wirklich niemand gerechnet. Der schlaue Henry liegt hinterm Pfarrhaus gut versteckt auf der Lauer, und dann kommt die schwarze Limosine mit den drei Würdenträgern aus dem Vatikan in Rom vorgefahren, und da heißt es natürlich für den Henry aufmerksam lauschen, und schon bald hört er durch die Wände des Pfarrhauses im Pfarrhauswohnzimmer das Streit-gespräch der Herren aus Rom, ein Erzbischof und zwei Äbte, mit dem Monsignore. Der Fahrer wartet im Wagen und kann den Henry nicht sehen. Es geht in dem Streitgespräch um die verschwundenen Zaubergegenstände und einen schwarzen Amethyst. Und was ist mit dem schwarzen Amethyst? Es ist der schwarze Zauberstein der „Herren vom schwarzen Stein", also genau der Stein der mittel-alterlichen Tempelritter vom Untersberg bei Berchtesgaden, und jetzt Fazit: Die Würdenträger aus Rom sind Mitglieder im gleichen Geheimbund wie der Monsignore und sind quasi incognito nach Belcane zum Monsignore gereist um nachts einen weiteren Zauberversuch mit dem Zauberleuchter und dem Zauberspiegel durchzuführen, und dafür haben sie kein Risiko gescheut um in den geheimsten Ecken des Vatikans zu suchen und haben tatsächlich, das wie soll hier nicht näher erläutert werden, wahrscheinlich haben sie dort diverse Geldwäscher Exorzisten und Kinderschänder und und und bestochen, jedenfalls haben sie den schwarzen Stein vom Hubertus Koch, das soll der letzte bekannte Komtur der „Herren vom schwarzen Stein" gewesen sein, aus dem Vatikan mitgehen lassen und ihn in einer Spezialbox mit nach Belcane zum Monsignore gebracht, das hat der schlaue Henry mit Hilfe der nanokleinen Veganossi im Kopf alles genau belauscht. Und jetzt kann`s losgehen...

25

Und jetzt wie geht es weiter? Ganz klar. Die Herren aus dem Vatikan und der Chauffeur haben sich im Pfarrhaus einquartiert und bei denen steht jetzt natürlich folgende Frage im Raum: Wer hat den goldenen Zauberleuchter und wer hat den Zauberspiegel, und da hat der Monsignore natürlich schon den Verdacht dass in Belcane diesbezüglich etwas nicht mit richtigen Dingen zugeht, denn wie sollen Hunde plötzlich so schlau werden und etwas systematisch stehlen und gut verstecken, quasi Hundesherlocks aber wie, und da fallen dem Monsignore gleich der Reporter Emil und der Professore ein, wer sollte denn sonst auch dahinter stecken, und so macht der Monsignore den ersten Schritt, quasi Angriff ist die beste Verteidigung, setzt sich wieder zu den beiden an das Tischchen vor dem Dorfkaffee, trinkt seinen kleinen Rotwein, und dann lädt er die beiden zu einem vertraulichen Gespräch ins Pfarrhaus ein wo schon die Herren aus dem Vatikan warten, und der Emil und der Professore sagen zu.

Es gibt Tee und Gebäck, und der Monsignore und die Herren aus dem Vatikan, der Chauffeur sitzt mit der Haushälterin in der Küche, der schlaue Henry sitzt draußen neben der Hausmauer und lauscht, kommen gleich zur Sache: Einfache Frage: Wer hat die Zaubergegenstände, und wer bringt sie sofort zurück ins Pfarrhaus zum Monsignore?

Da nur der Henry den guten Kontakt zu den schlauen Hirtenhunden hat, kann darauf keine einfache Antwort gegeben werden, aber der Emil hat einen Vorschlag: „Ich bemühe mich um die Rückgabe der Zaubergegenstände, und wir, der Professore und ich, dürfen bei der nächsten Zauberveranstaltung mit den Zaubergeräten in der Gruft unter der Kathedrale mit dabei sein."

Es herrscht kurzzeitig eisiges Schweigen im Raum, doch dann ergreift der Erzbischof das Wort und sagt zu, dass sie einer kurzfristig anberaumten Seance in der Gruft dann beiwohnen dürften, wenn die Zaubergegenstände umgehend und unauffällig ins Pfarrhaus zurückgelangten. Der Emil sagt zu und verlässt mit dem Professore schleunigst das Pfarrhaus. Sie stehen auf dem Marktplatz in der Sonne, und der Henry ist verschwunden, aber der trifft sich gerade mit den schlauen Hirtenhunden: Beratung! Und Ergebnis: Ausgraben der Zaubergegenstände im Wald und Rückgabe an den Monsignore, quasi hinterm Pfarrhaus vor die Tür legen und dann gemeinsames lautes Alarmgejaule bis der Monsignore oder seine Haushälterin die Tür öffnet und die Stoffsäcke und deren Inhalt sehen und ins Pfarrhaus bringen...

26

Die Hunde haben die Stoffsäcke mit den Zaubergegenständen am Hintereingang des Pfarrhauses abgelegt, und der Monsignore hat die Säcke dann ins Pfarrhaus geschafft, und in der kommenden Nacht soll die gemeinsame Seance in der Gruft unter der Kathedrale stattfinden. Belcane wirkt wie ausgestorben, und niemand scheint von den Ereignissen Notiz genommen zu haben.

Nur der Emil und der Professore sitzen vor dem Dorfkaffee und beobachten den Pfarrhof. Ergebnis: Alles ist still und unauffällig.

Auch die Ochsenfroschplage scheint besiegt, Ochsenfrösche sind in Belcane keine mehr aufgetaucht.

Auf dem Marktplatz steht ein Reisebus mit italienischen Bergwanderern die sich im Hotel einquartieren.

Es wird schnell Abend und in der nächtlichen Dunkelheit lauern die Hunde versteckt im Pinienwald rund um das verfallene Kloster, es ist Vollmond und die mittelalterliche Klosterkathedrale glänzt in düsterem Licht. Der Emil und der Professore warten mit den Hunden im Pinienwald, und schon bald fährt der schwarze Mercedes mit den Herren aus dem Vatikan und dem Monsignore vor. Sie tragen die Stoffsäcke mit den Zauber-gegenständen in die Kathedrale, und dann huschen der Emil und der Professore aus dem Pinienwald hervor und folgen ihnen unbemerkt.

Der Aufbau in der Templergruft dauert nicht lange, der weiße Kristall befindet sich ja noch im Leuchter und so öffnen sie das noch leere Fach und legen dort den schwarzen Stein, den schwarzen Amethyst, ein und verschließen beide Fächer sorgfältig.

Der Emil und der Professore halten sich im Hintergrund, obwohl die Herren aus dem Vatikan und der Monsignore ihre Anwesenheit längst bemerkt haben.

Der Zauberleuchter steht jetzt auf dem Altar, und es geht ein bläulich-grünes Licht von ihm aus. Der Erzbischof hält den ovalen Zauberspiegel, fängt damit den Lichtstrahl ein und lenkt ihn auf die Wand neben dem Altar...

Und jetzt pass auf. Was dann passiert ist, ist wirklich

unheimlich...plötzlich öffnet sich in der Wand ein bläulich-violett leuchtender Tunnel, etwa so hoch und so breit dass zwei Menschen bequem nebeneinander hätten hineingehen können...aber es geht niemand hinein...es kommen plötzlich welche heraus: Insgesamt fünfzehn Personen, acht Frauen unterschiedlichen Alters und sieben jüngere Männer betreten aus dem Tunnel kommend die Gruft. Sie wirken wie Schlafwandler, wie in Trance, und stehen nun schweigend in der Gruft, aber damit ist der Spuk noch nicht zuende: Die Hotelspukoma und die weggebeamte struppige Katze kommen auch aus dem Tunnel in die Gruft...und zuguterletzt stehen drei mittelalterliche leibhaftige Tempelritter im Tunneleingang, von denen sich einer als der Komtur Hubertus Koch zu erkennen gibt und stellen die sprechende Madonna neben den Altar, und dann ergreifen sie blitzschnell von den entsetzten Akteuren den Zauberleuchter mit den Zaubersteinen darin und den Zauberspiegel, und dann schließt sich der leuchtende Tunneleingang in der Wand und die Ritter sind mit den Zaubergegenständen verschwunden

und die Wand neben dem Altar ist wieder nur noch Wand, und die Menschengruppe der Gebeamten steht inzwischen vor der Kathedrale und tritt den Weg Richtung Belcane an.
Die sichtlich beeindruckten Herren aus Rom und der Monsignore tragen die sprechende Madonna zum Auto und brausen dann Richtung Pfarrhof.
Die gebeamte struppige Katze ist total verstört irgendwo im Pinienwald verschwunden, und der Emil und der Professore gehen schwer beeindruckt mit der Gruppe der aus dem Tunnel Zurückgekehrten Richtung Belcane...

27

Nachdem die Gruppe noch in der Nacht den Marktplatz von Belcane erreicht hat überschlagen sich die Ereignisse.

Einige Dorfbewohner haben die Gruppe auf dem Marktplatz bemerkt und die Polizei gerufen, und nachdem diese eingetroffen ist beginnen die Befragungen im Foyer des Hotels. Die Hotelbesitzer haben nämlich die Gruppe ebenfalls bemerkt, und dann folgt eine entsetzte Begrüßung: Die Hotelspukoma ist wieder da! Das Entsetzen schlägt schon bald in Begrüßungsfreude um, und die Carabinieri sind völlig überfordert mit der Befragung der „Zurückgekehrten" zumal die verschiedenen Personen aus den unterschiedlichsten Regionen der Erde stammen. Es gibt im Foyer des Hotels einen kurzfristig improvisierten Imbiss und kalte Getränke, und der Emil und der Professore haben es sich abseits vor dem Dorfkaffee gemütlich gemacht. Das Kaffee hat ebenfalls auf Grund der Ereignisse kurzfristig geöffnet, und es haben sich auch schon etliche neugierige Dorfbewohner eingefunden und trinken ihren Espresso.

Als es hell wird steht der Marktplatz voll mit Fahrzeugen der Medien und die Hilfsorganisationen sind auch mit ihren Fahrzeugen eingetroffen und kümmern sich um die „Zurückgekehrten" so gut es geht.

Genaue Angaben über ihr Erscheinen in Belcane kann von den „Zurückgekehrten" niemand machen. Sie waren plötzlich wieder da und standen vor der Kathedrale im Pinienwald ist der allgemeine Tenor. Einige von ihnen sollen Jahrzehnte verschollen gewesen sein und sind in dieser Zeit nicht gealtert...

Der Emil und der Professore haben über die Ereignisse der letzten Nacht absolutes Stillschweigen vereinbart, und sie werden auch weder von den Carabinieri noch von den Dorfbewohnern damit in Verbindung gebracht was sicherlich auch damit zu tun hat dass sie sich vor dem Dorfeingang von der Gruppe abgesetzt hatten und über einen anderen Weg unbemerkt zum

Marktplatz geschlichen sind.

Die schwarze Mercedeslimousine aus dem Vatikan ist auch verschwunden und der Monsignore überquert den Marktplatz und setzt sich mit scheinheiligem Gesichtsausdruck zum Emil und zum Professore an das Tischchen. Diesmal Espresso und kein kleiner Rotwein. Und so sitzen sie wortlos in der Morgensonne und betrachten das Geschehen.

Die nanokleinen Veganossi scheinen den Ort wieder verlassen zu haben denn der Emil spürt den Energieverlust im Funkelstein in seiner Hosentasche, und genau so ist es denn als der Henry später mit den schlauen Hirtenhunden beim Dorfkaffee auftaucht kann er nicht mehr sprechen, nur noch mit seinen großen Augen aufgeregt kullern und mit der Riesenzunge schlabbern, und da wird es höchste Zeit für einige volle Riesenfressnäpfe für die Hunde, und die stellt ihnen die Juniorhotelbesitzerin draußen neben die Eingangstür...

28

Die Ereignisse in Belcane werden von den Dorfbewohnern und den verschiedenen Medien schon bald als „DAS WUNDER VON BELCANE" bezeichnet.

Da gerät ein Ereignis schon fast zur Marginalie: Die sprechende Madonna ist wieder da und steht wieder an ihrem alten Platz in der Dorfkirche. Gesprochen soll sie ja danach noch mehrmals haben aber es waren immer Einzelpersonen die das gehört haben wollen...kurzum es fehlen die Beweise.

Der Emil mit dem Henry und auch der Professore sind nach dem Trubel in Belcane abgereist. Wohin der Professore gereist ist ist unbekannt, der Emil hat jedenfalls mit dem Henry noch einen Stop im Badeort „Bibione" eingelegt und dort den Kaftanfreddy und andere Freunde aus dem Ruhrpott getroffen...

Epilog

Es ist schon eine ordentliche Reise mit dem Henry von Belcane in den südlichen italienischen Bergen nach „Bibione" zu gelangen. Zig mal umsteigen und so ziemlich jedes öffentliche Verkehrsmittel aber immerhin, Verbindung gibt es, und nach einer abwechslungsreichen Reise fast durch ganz Italien erwartet den Emil und den Henry der Kaftanfreddy mit seinem Wohnmobil am Bahnhof. Der Kaftanfreddy hat für den Emil und den Henry ein Hotelzimmer an der Strandpromenade gebucht: „Hunde willkommen", und die Besitzer sprechen Deutsch und das ist wichtig denn die bewußtseinserweiternde Wirkung durch die nanokleinen Veganossi ist mit ihrem vollständigen Verschwinden und der damit verbundenen Wirkungslosigkeit des Funkelsteins in der Hosentasche des Emil ebenfalls vollständig verschwunden, quasi keine Fremdsprachen mehr und der Hund ist quasi wieder nur Hund und und und, und nach der Ankunft im Hotelzimmer freut man sich dann nur noch auf dolce vita Sonne Sand und Meer und abends auf den obligatorischen gemeinsamen Besuch in ihrer Lieblingspizzeria, und es sind tatsächlich fast alle FreundInnen aus dem Ruhrpott, einige nur für einen Kurzurlaub andere für länger, in Bibione. Und jetzt kann´s losgehen...

Herstellung und Verlag:
BoD - Books on Demand, Norderstedt
ISBN 978-3-7494-2096-4

FSC

www.fsc.org

MIX

Papier aus ver-
antwortungsvollen
Quellen

Paper from
responsible sources

FSC® C105338